um canto

isbn: 85-314-0669-2

Ateliê Editorial
Alameda Cassaquera, 982
09560-101 – São Caetano do Sul – SP
Telefax: (011) 442 3896

Printed in Brazil 1997

Cacá Moreira de Souza
um canto
poemas
Æ

Para o velho João
– a primeira hora da minha madrugada.
Para a velha Nê
– o meu sol do meio-dia.

Aos olhos atentos de
Emília Amaral, Cely Arena,
Dácio A. de Castro e Ivan Teixeira,
um canto no tom deste canto.

sumário

prefácio 11
moradas 21
ausência 39
o canto 53
primeiras fotos 69
fendas 89
últimas fotos 97
ponte-aérea 117
poética da boa-vizinhança 145
máscaras 175

prefácio

Na abertura de *Um canto*, Cacá Moreira de Souza anuncia a matéria de sua poesia com uma imagem visceral, ambígua e muito clara ao mesmo tempo, que se reduplicará por meio das mais variadas formas e temas ao longo da obra. Trata-se de uma metáfora barroca, paradoxal como tantas: *"pétalas sobre prego"*.

Percorrendo os nove fragmentos de que se compõe o texto – Moradas, Ausência, O canto, Primeiras fotos, Fendas, Últimas fotos, Ponte-aérea, Poética da boa-vizinhança e Máscaras –, vamos percebendo uma travessia, um itinerário que nada tem de linear. Ao contrário, revela-se polifônico, policromático, repleto de combinações visuais que exploram o espaço em branco com sombras atravessadas de luzes, e luzes nas quais se esboçam penumbras.

Numa evocação simultânea de madrugadas e crepúsculos, as palavras se harmonizam em jogos verbais sugestivos, em simetrias espaciais provocadoras, em sutilezas que os olhos decifram se estiverem disponíveis para viajar em busca do sentido, ou dos sentidos/significações, como faz o poeta, no exercício de escrever.

Nesse exercício de leitura – compreendido no sentido que Roland Barthes dá ao termo: "Reescrever o texto da obra dentro do texto das nossas vidas" –, vê-se disseminado em cada fragmento o canto que o título anuncia, como não poderia deixar de ser em pleno coração da modernidade. *"Um timbre e a nota fora do tom", "pétalas sobre prego"* – o que terá a nos dizer, o que nos ensinará "na tarefa de redigir a nós mesmos, nos textos que lemos"?

Em "Procura", peça que abre o mais fundo lacre da alma, para que se exerça o ofício primordial de toda carpintaria poética – a rememoração –, o sujeito poético afirma: *"o poema quer retalhos"*. E estes começam a se esboçar com o fragmento Moradas.

A "Primeira morada" enumera as mais duradouras descobertas, aquelas da infância: a solidão do eu, a *"pai-*

xão anônima" do corpo, a sexualidade, o amor; desde sempre e para sempre *"o teto no chão"*.

Na cidade pequena demais, a vastidão: os livros; o pai caipira que mostra em vez de dizer, recendendo a manacá; a mãe cujo dizer é um fazer, pois retoma a velha palavra eficaz, dos mágicos, dos bruxos e dos poetas/profetas – ela é a terra que adubou o manacá, que rege o coro dos irmãos entre o não e o sim, o que foi/é, reconciliado com o que poderia ter sido.

Na "Segunda morada", o turbilhão da cidade grande abre o cenário da Ausência (segundo fragmento), assim sintetizado: *"a(s) estampilha(s) do não"*.

Um belo poema desse fragmento reclama *"uma metáfora maior"*, *"a magia dos filmes de 60"*, *"a cafonice de nosso choro"*, *"o escândalo das putas do cais"*, *"uma mentira talvez..."*, instituindo imagens de solidão/busca/encontros/desencontros que ecoam por todo o livro, em flashes justapostos que nos fazem visualizar em microcosmos O canto, presente desde o título até a última página.

Como é o canto desse poeta-fotógrafo? Por que o cantar lhe parece imprescindível? Na verdade, há uma montagem caleidoscópica, simétrica, cromática, imagética; há um fazer minuciosamente elaborado, que a vida teima em desfazer, desmentir, trair. Apesar da rima, como sói acontecer...

Daí a angústia de ser e não ser, sendo; de sentir-se indivíduo e saber-se personagem; de beber metáforas em Drummond, Cabral, Dante e Pessoa, procurando intercambiá-las com a experiência mais radical de toda a existência: o amor, cujas imagens se congelam nas Primeiras fotos (fragmento 4) e Últimas fotos (fragmento 6), determinadas pelas Fendas (fragmento 5).

Tanto nas nove fotos iniciais quanto nas nove finais, como capítulos de novela, sucedem-se o encontro, o encanto, o desencontro, o desencanto: *"criança / muda / criado / mudo"*.

As Fendas, por sua vez, são o grito do corpo em estado de desejo, do eu nu em pêlo, envolto no gozo, na pele, na entrega maior ao outro que se vai, mas não de todo. Ficam as palavras que a memória retém; aquelas excitadas, arrepiadas, possuídas pelo estranho dom de que se revestem, alquimicamente, nossas *"cidadelas invadidas"* – de acordo com uma das mais felizes demonstrações da poeticidade do autor.

Em Ponte-aérea (fragmento 7), o Rio de Janeiro se despe ao visitante, como neste verso-síntese da mesma dialética: "*Tantas mãos pela manhã de um corpo!*". Este corpo, que aqui rejeita as palavras para ser coisa entre as coisas, para simples e essencialmente existir, ao retornar a casa as reencontra, num belíssimo momento lírico do livro:

> um sax alto
> gotas caídas
> copos
> chuva
> São Paulo:
> curva inocente de bailarina

A mesma bailarina, dançando, invade outro poema, no qual se funde com o espelho: a ausência do outro agora é ausência do próprio eu, desfigurado. Enfim, como o pai – "*a primeira hora da madrugada*" – e a mãe – "*o sol do meio-dia*" –, como os irmãos, como o desejo pelo outro em estado amoroso, como nas fotos e nas fendas, São Paulo, neste canto, é ao mesmo tempo sim e não, "*pétalas sobre prego*".

Nesta cidade que liberta e encarcera, que expande e comprime, que desaparece por meio da ponte-aérea e através dela volta à tona, há o vizinho: "*um eleito com quem se divide o sal*". Em Poética da boa-vizinhança (fragmento 8), os homens jogam pôquer e as mulheres cozinham, os papéis sociais e os costumes urbanos parecem não permitir a proximidade: o diálogo revela-se inútil, a convivência possível converte-se em simulacro.

Então um eu-profundo, que insiste em buscar em rostos alheios os seus próprios eus, resolve revelar-se, desvelar-se, desentranhar-se, esparramar-se afinal no último fragmento do livro, significativamente intitulado Máscaras. Aqui, cumprindo antigo e sagrado ritual, cada *persona* sugere um *outro* constitutivo deste eu que agora amarra e fecha o seu canto, dissonante mas inteiro. Como? Das personagens/máscaras, todas marginais, todas abissais e talvez por isso evocadas em linhas curtas, pequenos traçados de giz, vai-se esboçando um sujeito essencialmente moderno: fragmentado, dilacerado, saturado de linguagem e de metalinguagem, de barulho e de mudez...

O que lhe resta, então? Como sobrevive?

E aqui posso estender a pergunta, redigindo o meu texto no texto do meu amigo: como sobrevivemos?

"Borrando o papel", "transbordando as linhas", o sujeito poético me parece sobreviver e, mais do que isso, viver, com duas forças com que conclui o seu canto: *"o nome da*

amizade" e *"o silêncio das palavras"*. Aquelas que só a poesia permite, como só a poesia permite o cultivo raro e sábio das "afinidades eletivas".

Quando fechamos o livro, ecoam em nós o velho João e a velha Nê: o cheiro e o adubo de um manacá dolorido, mas que floriu em ritmo e melodia. Em *"pétalas sobre prego"*.

emília amaral

arrancar a pele
nem o vermelho deixar
sem avesso nem direito
do que um dia já foi

depois calar por completo
silenciar mais que o branco
e o preto sem cor
cair de exaustão total
ouvindo estupefato
o que dizem as palavras
embriagadas de poesia

pétalas sobre prego

moradas

um lar uma casa uma cama um chão:
tijolos poemas
canção

Procura

não sei se rasgo a testa
não sei se rasgo a terra
se rasgo o ventre
coração
pulsos
sensação
a vida
nem sei se me rasgo...

O poema quer retalhos.

A primeira morada

a casa
a existência do pai
a insistência da mãe
um lar
ninho de solidão
paixão anônima
medo das ruas dos becos
corredores quartos cozinha
do corpo
a descoberta
o amor primeiro susto
olhar baixo livro na mão o teto
no chão
o texto o sorriso a dissimulação
a primeira metáfora
a cidade pequena demais
a casa perdida nos livros
vastidão

o pai não me disse
o tamanho do amor
mostrou-me a ferida

saudades do seu cabelo
branco da fala sem
metafísica
"Escuta aqui,
menino:"
E o mundo se resolvia
no dente-de-alho
no broto da abóbora
no feijão
jeito caipira de seu sorriso
de João
de Joãozinho
de todos os tons
– meu eterno manacá!

Deixe-me ser seu neto bisneto tataraneto
até a última geração.

a mãe me disse

tudo e mais muito mais além do tudo

de tudo

atravessou as metáforas

sufocou as entrelinhas

deu um soco de direito

na cara

na vida

poesia

adubou o manacá.

os irmãos
dever de amor prazer
de amar
pais e mães de segunda geração
em todos
o perdão
o silêncio da paixão
o não
o sim
o não o sim o não o sim
talvez quisessem
não
pudessem
sim
talvez

tudo fosse diferente
não
foi o que pôde ser
sim!

pedro, pedra

Para Zé Pedro

de cascalho
de menino
de seixo
de jovem
de rocha
de homem
comum e próprio
da montanha na
água do solo no
vão da casa na
terra do perdão
no aconchego do
sobrinho foi
amigo filho
pai irmão é
na contramão da
vida
áspera no chão
límpido na água

rolando rolando
rolando
rolando rolando
          rolando
sem desgastar o
riso teima insiste
fica

A vida desmente
A vida desinventa
a morte: é.

O ninho

a pequena cidade
protege o seu silêncio
álbum improvisado
baú e seus cadeados

estranhas silhuetas
desfilam pelas ruas
estreitos laços
ousados quintais

– Lençóis brancos
rolam pelo leito
pedras que se forjam
cristais de água pura

cantigas de espera
de amor sonhado
modo caipira de sofrer
sob a linha do horizonte

A segunda morada

entre prédios
corpos pedem
mãos calor
o sexo abre
corredores de asfalto
o eu-avulso busca
inóspito corpo

São Paulo
lar
extenso
mar imenso bar
o carnaval do
sem-fim trabalho
a única morada
possível
lar do ajuste
des(encontro)

o meu   o teu

tamanho da solidão
choque do cinza-concreto
– ausente a garoa –
presente a música
das ruas
musa de tanta
solidão
coração de poesia
turbilhão

ausência

a mais difícil das carpintarias

nas noites em que me experimento
um gosto amargo
                                        garganta presa
            seco
com esse bolero todo
meu ritmo minha dança
                                                deslocada
meu tango
            disfarçado
um gosto de fado destino castigo
talvez
fato este que como na mesa contigo,
figura ausente

um não
nas esquinas
nos postos
nos portos
nos partos

nos becos nos guetos
no choro samba
canção

a estampilha
do não

pena que tenhamos acabado assim
ruim   sem uma metáfora maior
sem a magia dos filmes de 60
sem a cafonice de nosso choro
sem o escândalo das putas do cais
sem o desespero de pais

pena termos morrido em mais uma canção
de amor   cansaço
pena termos agonizado no fim do primeiro ato
fracasso   pavor
pena eu ter que trabalhar esta ausência
na única forma de ser
poema
arte da dor
mentira com que se aplaude
um artista

a escova
no lixo
a lixa de unha
no lixo
o lençol de linho
sujo de lixo

cigarros apagados
cartas rasgadas
conta-conjunta
cancelada
fala entrecortada
filho abortado
a identidade
roubada

uma mentira talvez
um canto
uma chantagem
um escândalo
uma trepada
um porre
uma promessa
um plano de vôo
uma carta
um tranqüilizante
uma viagem
um grito
uma lágrima
um sim

talvez...

Num beco qualquer
um telefone fora do gancho.

o canto

um timbre
e a nota fora do tom

Meu canto

não canto o que quero
não canto o que vejo
não canto o que sinto

o ver
  o querer
     o sentir
me confundem

Eu canto o que me confunde.

Vice-versa

o poema se constrói
o sujeito se destrói
dói
poema-sujeito
sujeito o poema
vice-
versa

o tempo trai
um soluço um cheiro

a raposa entra em cio
o poema se faz

Fui poeta do rei
o predileto.

Hoje sou meio tempo meio marca.
Hoje sou um rosto metade de espera.

ser e não

ser   ser

o não-ser

na vertigem de me explicar

na roupa que vestia o verso

no arranjo parodiado:

a metáfora se desfez

a personagem morreu no indivíduo

os deuses choraram

um poema-
pena
pura pétala
pisada
pura pedra
plasma

um verso maduro
longa trajetória de pedra
pesada. palavra plasmada –
Drummond Cabral Drummond

um verso envelhecido
sábias rugas. pensado o vôo –
Camões Dante Pessoa

um verso incômodo
dor latente. trabalhada a ausência –
Um-Eu Família O Outro

uma canção que não se lê

primeiras fotos

a lente
o ajuste do foco
o olho

Tentei fotografar o nosso possível cotidiano.
Impossível.
Cotidiano.
Um ângulo perfeito
ao menos. O foco: minha visão distorcida
de ti
papéis
poemas
impurezas.
A lente.
Nossas vidas
em aumento de distância.
Tudo
macro.
O diafragma aberto
o meu
retido.
Sombra em luz: um rosto
no passado. O teu: olheiras de taberna.
A velocidade.
A asa exata.
O teu vôo
e esta sensibilidade macerada
no preto-e-branco ausente do teu ser.

Lençóis abatidos...
o uso
o sexo
o desuso
a exaustão da espera
pesadelos
na desordem das dobras
das rugas
do meu retrato antigo
minha velha cidade: Lençóis
Paulista que me deu o pólen. A garra
do menino sobre o ainda mudo
criado na foto.
Infância.
Cheiro de manacá
no quarto tocado por ti.
Quarto-depósito:
meu ser retido nos
lençóis distantes
de Lençóis
dos teus.
Alheia
plena de passado
a criança
na foto
contempla entre bichos
a morte contínua.

Tocos de cigarro
o teu ódio
desbotado na cortina
resistindo.
Incenso.
Magia e vício. Magia e vinho. Vício.
O cotidiano
aerossol: fumaça impregnada
e o desbotado
da cortina.
Tudo fica.
Um vício.
O vinho.
Um pôster na parede
Cravos vermelhos
Teu dedo em riste
A linha
do horizonte. Réstias de luz
nas fotos
na inércia de teu
sono
sustos sonhos soluços
sussurros

nada!

olho

negando

foco

Setembro desmaia o sol na janela

luz

uma escada a descer

uma rua o mundo

lá fora

talvez

um toque de mãos ao sol

na luz do dia

espante

um amanhã

sem manhãs

ausência de luz

a foto negada

sem penetrar os teus sonhos

o telefone

fora do gancho

anula

setembro

o campo semântico da luz

imagens e o foco e a luz e o corpo e o sono

repúdio

O sol se pondo em outubro...

A assassina empregada desvenda o mistério
da sobrevivência.
Ritual.
Carnes que não provamos. Resgate.
Manhãs
perdidas em pó de guaraná.

Amantes do século XX!
Pobres
à hora do almoço
legumes mágicos de inchaço
entradas
saídas
gados-machos metonímicos
vitelas ausentes de cio
sais minerais
Proteínas!

Salvos no silêncio rude da empregada.

A mesma escova busca os nossos dentes.

Passeios.

O gosto da língua sem beijos

bactérias salvas.

Um sorriso

e a partida do carro

tu eu

O pavor de uma nova seis horas

o enquadramento perfeito no cinza

único

tom

neste álbum de família.

Último capítulo de novela.

A salvação num final feliz: fechado

na estante.

Novos lençóis carentes de dobras.

O pôster.

O dia passado a limpo pela empregada.

A câmera e um registro:

minhas malas à procura de um hotel.

criança
muda
criado
mudo

fendas

a queda
de buraco a buraco
brechas
rachaduras
lanhado o coração

Meu corpo e a chave
de meu corpo. A chave.
Meu poço e a chave
de meu poço. Ambíguo.

A entrega e o cheiro
da carne:
portas por que não passo
chaves que não me abrem.

Meus olhos e o norte
de teus olhos.
                    A morte
indica o corte.

O corpo preso e a teia
de teu corpo. A teia
e o sufoco dos lençóis.
O sufoco. Meu prazer
deslocado. O prazer
e o norte. O gozo.
A pequena morte. Fenda
de teias expostas nos lençóis.

A fenda se abre.

Avoluma.

A fenda abre

um texto e a pele.

O poema

e a fenda na cor da pele.

O som.

O gozo

nos cheiros da fenda.

O cheiro

e o som da pele

da palavra

na fenda.

Do poema

na fenda

do poema.

últimas fotos

a troca das lentes
a demissão do fotógrafo

pasmadas testemunhas
(o primeiro encontro)
estranheza no sofá

olhos tristes	meu silêncio
teu silêncio	um sorriso

o gosto pelo novo
pacto

A vida e o sabor das ciladas.

um bar
metáfora
um lar

rochas parindo
minério
tu e a tua história

Quantas arestas em dois diamantes brutos!
(e eu só tinha fome...)

segundo maço de cigarro

os olhos pedem licença para entrar

acanhada busca
mãos   pele   bocas
travessia em códigos:
la barca   porgy and bess
plácido
billie

O sorriso escancara
a porta.

São Paulo e seu registro:

ruas e segredos

meu relato

tuas mãos sob as minhas:

teu lacre

a grande cidade anônima o espelho

– insuportável Narciso

o espaço

personagens o tempo

a trama

por vir

bocas inauguram o gesto
cai a indefesa noite
a longa procura do corpo

veredas ciladas
becos
o ponto o porto
bocas
fendas salivas
bacos

e o branco e a dor e o branco e a dor
e o branco e a dor e o branco
e a dor e o branco
na pequena
morte

– Cidadelas invadidas!

– a ida: os olhos tinham pressa
(a lágrima e suas oferendas)
– a volta: o sorriso montou casa
(a realidade e seus fantasmas)

desordem
a lei e suas normas
invadem as cidadelas

Diamantes polindo arestas.

a fala

o silêncio

de suas ruas estreitas
de seus paralelepípedos
(sob sapatos)
os homens pisam
os visitantes se ferem

A cidade clama por transparência.

Foco na interrogativa dos quilômetros rodados:
calos fecham o domingo.

Um corpo sobre o tapete

luz

foco

sombra

saliva

suor

A máquina quebrou...

(a feia cara do medo
o som das palavras
a descida aos infernos)

sem luz sem foco sem cor sem
forma sem filme sem lente sem
movimento

Sem legendas:

ponte-aérea

são paulo
rio
são paulo porto
aeroporto
porta
rio
do desejo
o fim e um começo:
contorno

Ponte-aérea

o visitante
branco
passos do desejo
no Santos Dumont
areias de Copacabana
festival de corpos
cores no prazer
na areia na água
salgada

o visitante
vermelho
olhar de lobo
na Montenegro
bares de Ipanema
vendaval de copos
bocas no prazer
no corpo na boca
gelada

o visitante
moreno
mãos de presa
nos guetos da Lapa
becos da noite
mercado de corpos
corpos no prazer
na boca na lágrima
salgada

Rio

o mínimo fio
        da calçada
    da roupa
de nós

O Rio se despe.

Estranhamento

último verão
a cor do desejo
o cheiro
réquiem na pele
contornos delírios de ondas
tu:
linhas tortas das calçadas
– arabescos desconhecidos

Rio 40 graus

Tantas mãos pela manhã de um corpo!

Itinerário

do Arpoador ao Leblon
de Congonhas ao Santos Dumont
depósito de códigos: silêncio
a mala e os desejos
na mão

A palavra ficou em São Paulo.

Retorno

um sax alto
gotas caídas
copos
chuva
São Paulo:
curva inocente de bailarina

Identidade

Identidades molhadas pairam sobre São Paulo.
A chuva promete um verso.

Reencontro

Alameda Santos
          Pinheiros
                    Maria Antonia
          Paraíso
entre prédios mora o desejo.

O pintor lava a aquarela do dia.

Fusão

bebe dança
a bailarina

no espelho
compressão
estados sólidos

a bailarina
quer ir fluir

no espelho
a grande boca
desdenha

jeté battu
no espelho
pas de deux
a bailarina

ausente

Encontro

O bêbedo
e as ruas de São Paulo.

Por que as nuvens se eletrizam
e nem ao menos chove?

Código

Te espero na ressaca
no estio.

A vida acontece longe do cais.

A cidade e o chão

O visitante busca
provisões para a travessia
travesseiro para o sono
ângulo para a fotografia
esconderijo e abandono
a notícia e o hiato
um nome um fato

pia para lavar as mãos
– a cidade nega.

Alô!

Há um corpo nas linhas congestionadas.

poética da boa-vizinhança

vizinho, um eleito com quem se divide
o sal

Poética da boa-vizinhança 1

Enquanto a cabeça não parar de rodar
Enquanto as idéias estancarem os pés
Enquanto em mim soluçar este fio
Não te desvendarei, vizinho!
Abre a porta
À prestação ou à vista
Expõe o teu último feto

O desconhecido

Ter um vizinho ao lado
não é medida de segurança:
– Empresta-me sal
o último disco
de Ella o livro
de Cabral
a folha o telefone
o postal
cerveja uísque
meu Carnaval?

Outros poetas já deram
a receita do medo
a linha o lápis
desenho
punhal.

sentencioso
o perigo se fez
o ovo a descoberta
o ar seco irrespirável
o umbigo exposto na sala
do apartamento ao lado:

"O edifício está contaminado."

Segredo de vizinho

a próxima saída
o campo
o copo
o corpo
um novo verso

Entrego as chaves?

Pôquer entre vizinhos 1

sem lua
nem uivos
a sala aninha
        os homens
o nada

desejos compassos pulsos
fortes
olhares desenham o mundo
garrafas vazias e a fumaça
morrendo nos vitrais
fechados
punhos e os desejos
carteados

Mesa de pôquer

o ás fecha
a dama
mata
o valete
xeque-mate
o rei

– a mesa!

um jovem sorriso
de cera
descarta
tempo
um velho charuto
na boca
compra
tempo

O carteado

o sorriso de cera
o charuto:
novos tempos de compra
"Apostem no futuro!"
na mesa
nas mãos
em negaceio
                    no tempo
de uma seqüência definida
Azar?

Parceiros de pôquer

A mesa fita os vizinhos
com profundo desdém.

Pôquer entre vizinhos 2

(na cozinha
                    mulheres
estouram pipoca
guloseimas antepastos
refazem a vida)

(na cozinha
                    mulheres
reinventam o estômago
cafés bolachas chás
antecipam o desejo)

(na cozinha
                    as saias
povoam o silêncio
cebola batata alho
repassam o papel)

Incômoda vizinhança

salta a palavra
rodopia no rodopio
do vento
cai no lençol branco
do vizinho
estorvo espanto
atrapalhada mão

seca ao sol
metáfora de comunhão

Vizinho 1 – *Você pensa que me agrada a luz do spot-light?*

Vizinho 2 – *Engano seu...*

Vizinho 1 – *Você pensa que meu corpo, talhado, abre cenas?*

Vizinho 2 – *Engano seu...*

Vizinho 1 – *Você pensa que em noite de casa cheia, aluguel garantido, os aplausos me saciam?*

Vizinho 2 – *Engano seu...*

Vizinho 1 – *Você pensa que o texto existe no cachê que recebo?*

Vizinho 2 – *Engano seu...*

Vizinho 1 – *Você pensa que os personagens gaiatos sou eu com esquizofrênicos recursos técnicos?*

Vizinho 2 – *Engano seu...*

Vizinho 1 – *Você pensa que a vida é menos solitária do que um camarim vazio cheio de flores?*

Vizinho 2 – *Engano seu...*

Vizinho 1 – *Você sabe que tragédia eu represento?*

Vizinho 2 – *"Ascensão e queda de alguma coisa."*

Vizinho 1 – *Engano seu...*

Vizinho 1 – *Por Deus, o que não se confessa a ninguém?*

Vizinho 2 – *(...)*

Vizinho 1 – *Me indique outro texto, eu sou ave de passagem...*

Vizinho 2 – *(...)*

Vizinho 1 – *Por quê?*

Vizinho 2 – *(...)*

Vizinho 1 – *Então, que faço?*

Vizinho 2 – *Bica aqui, pousa lá, bica ali, fica aqui...*

Despejo na vizinhança

Um sumo
do sumo da cebola.
Uma lágrima
na lágrima da poesia.
Poetas revisitados.

Cozinha de apartamento
indústria falida
baú de ausências.
O fritar das panelas
remorsos.

Ao lado
o vizinho
de lado.
O vazio do lado.

Sucos legumes carnes
peixe na implosão vermelha.
O medo e a chave na porta
trancada.
O tempo minou os homens.

O barulho e o arrastar de móveis
nem um olhar
na lágrima
caída.

Poética da boa-vizinhança 2

Enquanto a agulha não enlouquecer sobre o platô preto
Enquanto as migalhas de verso não fincarem estaca
Enquanto em mim vibrar essa portenha soledad
Não te dispensarei, vizinho!
A hora do silêncio é a partir das dez.

Para a felicidade geral deste edifício
Para a tranqüilidade dos condôminos
Fica proibida
A entrada de pessoas estranhas...

máscaras

pele
sobre pele
palavra
sobre papel

Moça virgem fitando
Moço afoito transpondo
a linha do horizonte.

macho

socorro!

fêmea

o sol na madrugada
o frio em dezembro
o ferrão na pétala
vestígios

– não há saída

– Me dá um copo de conhaque.

– Puta!

– Tá servido?

giz
e a voz rouca:
crise de metalinguagem
sobre o tablado

um rosto de cera

sobra

o pó e o batom

sobre

– as cortinas se abrem

um sobretudo
desenha sombras
no gueto a caça
da cidade o frio

– a esquina espreita o caçador

uma muleta e o porto
mentiras de fazer bem

– o nome da amizade

O mito devorou as palavras:
pele seca repõe a entrelinha.

borra o papel
transborda as linhas

– sobrevive do silêncio das palavras

é de noite canto só tudo escurece
é de noite só canto tudo esmaece

a soma do dia
a soma do dia enfraquece
entristece
a soma
as somas somos
somamos sós
só
de noite
é de noite
o peito dói
só
espanto de noite

a luta trava
só
encanto de noite
é de noite
o corpo pede
só
um canto de noite

a alma canta
só
de noite
a soma da noite

índice

arrancar a pele, 19
Procura, 23
A primeira morada, 25
o pai não me disse, 27
a mãe me disse, 29
os irmãos, 31
pedro, pedra, 33
O ninho, 35
A segunda morada, 37
nas noites em que me experimento, 37
um não, 43
pena que tenhamos acabado assim, 45
a escova, 47
uma mentira talvez, 49
Num beco qualquer, 51
Meu canto, 55

Vice-versa, 57
o tempo trai, 59
Fui poeta do rei, 61
ser e não, 63
um poema –, 65
um verso maduro, 67
Tentei fotografar o nosso possível cotidiano, 71
Lençóis abatidos, 73
Tocos de cigarro, 75
olho, 77
Setembro desmaia o sol na janela, 79
A assassina empregada desvenda o mistério, 81
A mesma escova busca os nossos dentes, 83
Último capítulo de novela, 85
criança, 87
Meu corpo e a chave, 91
O corpo preso e a teia, 93
A fenda se abre, 95
pasmadas testemunhas, 99
um bar, 101
segundo maço de cigarros, 103
São Paulo e seu registro, 105
bocas inauguram o gesto, 107
– a ida: os olhos tinham pressa, 109
a fala, 111
Um corpo sobre o tapete, 113
a feia cara do medo, 115
Ponte-aérea, 119
Rio, 121

Estranhamento, 123
Rio 40 graus, 125
Itinerário, 127
Retorno, 129
Identidade, 131
Reencontro, 133
Fusão, 135
Encontro, 137
Código, 139
A cidade e o chão, 141
Alô, 143
Poética da boa-vizinhança 1, 147
O desconhecido, 149
Segredo de vizinho, 151
Pôquer entre vizinhos 1, 153
Mesa de pôquer, 155
O carteado, 157
Parceiros de pôquer, 159
Pôquer entre vizinhos 2, 161
Incômoda vizinhança, 163
Vizinho 1 – Você pensa que me agrada a luz do spot-light?, 165
Vizinho 1 – Por Deus, o que não se confessa a ninguém?, 167
Despejo na vizinhança, 169
Poética da boa-vizinhança 2, 171
Para a felicidade geral deste edifício, 173
Moça virgem fitando, 177
macho, 179
o sol na madrugada, 181
– Me dá um copo de conhaque, 183

giz, 185
um rosto de cera, 187
um sobretudo, 189
uma muleta e o porto, 191
O mito devorou as palavras, 193
borra o papel, 195
é de noite canto só tudo escurece, 197

título	*um canto*
autor	cacá moreira de souza
produção	ateliê editorial
projeto gráfico e capa	marcos keith takahashi
revisão	cacá moreira de souza
editoração eletrônica	marcos keith takahashi
formato	16 x 20 cm
mancha	27 x 34 paicas
tipologia	agaramond 11/18
papel de miolo	ecoplus 90 g/m^2
papel de capa	couché fosco 150 g/m^2
número de páginas	208
tiragem	1 500
fotolito	quadricolor
impressão	bartira